# SERTÃO DAS ARÁBIAS

**FÁBIO SOMBRA**
ESCREVEU E ILUSTROU

# SERTÃO DAS ARÁBIAS

Copyright do texto e das ilustrações © 2016 by Fábio Sombra

*Grafia atualizada segundo o Acordo Ortográfico da Língua Portuguesa de 1990, que entrou em vigor no Brasil em 2009.*

Revisão
ISABEL FERRAZOLLI

CIP-Brasil. Catalogação na Publicação
Sindicato Nacional dos Editores de Livros, RJ

S676s
   Sombra, Fábio, 1965-
   Sertão das arábias / Texto e ilustrações de Fábio Sombra. —
1ª ed. — São Paulo : Escarlate, 2016.

   ISBN 978-85-8382-028-4

   1. Poesia infantojuvenil brasileira. I. Sombra, Fábio, 1965-.
II. Título.

                          CDD: 028.5
16-35222                          CDU: 087.5

5ª reimpressão

Todos os direitos desta edição reservados à
SDS EDITORA DE LIVROS LTDA.
Rua Bandeira Paulista, 702, cj. 71D
04532-002 — São Paulo — SP — Brasil
☎ (11) 3707-3500
🔗 www.companhiadasletras.com.br/escarlate
🔗 www.blogdaletrinhas.com.br
▪ /brinquebook
▢ @brinquebook

*Dedico este livro aos contadores de histórias de todos os tempos. Aos mestres das palavras e narrativas. Aos criadores de universos de fantasia e paisagens de sonhos.*

F. S.

# SUMÁRIO

Dos desertos das arábias ao sertão brasileiro............... 9

As sete viagens de Sibá Romão, o marujo do sertão......... 11

A primeira viagem de Sibá – Os patos do imperador............ 17

A segunda viagem de Sibá – O monstro do mar.................. 23

A terceira viagem de Sibá – As moedas do Diabo................. 30

A quarta viagem de Sibá – O rei da Lua............................ 38

A quinta viagem de Sibá – O presente dos piratas................. 44

A sexta viagem de Sibá – A caverna do dragão.................... 50

A sétima viagem de Sibá – A princesa marciana.................. 55

Raimundim e a lamparina maravilhosa........................ 63

Gari Vavá e os cinquenta cangaceiros.......................... 91

Biografia do autor e ilustrador................................ 117

# DOS DESERTOS DAS ARÁBIAS AO SERTÃO BRASILEIRO

Quando eu fiz dez anos, tive meu primeiro contato com as histórias das *Mil e uma noites* em um livro (embora velhinho, ainda o guardo em minha estante) que traz as aventuras de *Simbad, o marujo*. Não sei quantas vezes o li, folheei e reli, mas aquelas viagens por terras estranhas e repletas de perigos jamais saíram da minha imaginação. De *Simbad*, passei a *Aladim e a lâmpada maravilhosa*, a *Ali Babá e os quarenta ladrões* e a outros tantos contos que iam surgindo a partir de uma narrativa de fundo: a da princesa Sherazade. Também fui fã de carteirinha dos livros do brasileiro Malba Tahan, que nos brindou com inúmeras pérolas da literatura árabe.

*As mil e uma noites* formam um conjunto fascinante de histórias, e o que mais gosto nelas é que nem sempre seus heróis possuem força descomunal ou destreza com armas e lutas. Na maioria dos casos são jovens franzinos e comuns, como eu e você, mas que conseguem triunfar, utilizando a esperteza e a astúcia.

Depois de criar minhas próprias histórias e adaptar para versos de cordel contos populares russos, tchecos, húngaros e alguns que trouxe de países africanos, resolvi que havia chegado a hora de retornar à minha antiga paixão pela literatura dos povos árabes. Mas pensei em uma abordagem diferente: reescrever as histórias em versos de cordel e ambientá-las no sertão brasileiro. Saem o deserto e a língua árabe, entram a caatinga do semiárido e o sotaque do nosso povo.

Ao ler este livro, preste atenção no ritmo da poesia, na música das rimas. Nas primeiras décadas do século passado, as histórias em versos de cordel eram publicadas em livrinhos feitos de papel barato e vendidos nas feiras do interior do Nordeste. Ao chegar em casa com esses folhetos, muitas vezes o dono ou a dona da casa reuniam a família e alguns vizinhos e a história era lida em voz alta. Depois de inúmeras repetições, alguns adultos e mesmo muitas crianças eram capazes de recitar de memória a maioria das histórias mais queridas.

Hoje a época é outra, mas não custa nada a gente fechar os olhos e tentar voltar no tempo. Reúna os amigos e experimentem ler as histórias deste livro em voz alta. Aposto que vocês irão descobrir um prazer há muito esquecido, mas super, superbacana.

Um abraço aos meus leitores, e preparem-se: o tapete voador acabou de chegar e está pronto para nosso embarque.

Fábio Sombra

# AS SETE VIAGENS DE SIBÁ ROMÃO, O MARUJO DO SERTÃO

Aos leitores que apreciam
Belos versos de poesia,
Vou falar sobre os lugares
De mistério e fantasia
Que conheci no passado
Quando jovem fui, um dia.

Muitas foram as peripécias
Que vivi nestas jornadas:
Sete viagens assombrosas
E bastante tumultuadas,
Enfrentando situações
Imprevistas e arriscadas.

Antes que eu comece a história
(Como manda a educação),
Queiram tomar seus assentos
No jardim de minha mansão;
Vou seguir os bons costumes
E me apresentar, então:

Sou Sibá Joaquim Romão,
Tenho terras, tenho gado,
E confesso que hoje vivo
Bem de vida e endinheirado,
Mas quem me inveja não sabe:
Nasci pobre e pé-rapado.

Minha infância foi sofrida,
Sem conforto e sem riqueza,
Mas sonhava ser um dia
Homem de real grandeza
E dizia pra mim mesmo:
— *Vou vencer, tenho certeza!*


Eu morava no sertão,
Trabalhava de vaqueiro
E pensava: "Nesta terra
Nunca irei juntar dinheiro".
Eis que um dia no mercado
Aparece um folheteiro.


Dentre os cordéis que vendia
Um despertou-me a atenção:
Era a história de um marujo
Que se tornou capitão,
Viajou por sete mares,
Ganhou fama e posição.


O seu nome era Simbad
(Parecido com este meu),
E ao ler tão bela história
Em meu peito então nasceu
O desejo de viajar,
E a vontade mais cresceu.

Só que o mar ficava longe,
Como então ser marinheiro?
Eis que decidi construir
Minha embarcação primeiro:
Cortei toras de imburana
E dos paus fiz um veleiro.


Era um barco impressionante,
Um navio de verdade.
Fui testá-lo lá no açude
Que banhava a minha cidade.
Flutuou perfeitamente
E eu chorei de ansiedade:


– *Ai, meu Deus, como é que eu faço*
*Pra botá-lo no oceano?*
Foi então que em desespero
Tive um sonho raro e insano.
Comprei artigos de pesca
E a vocês revelo o plano:


Pus minhoca em sete anzóis
E as linhas eu juntei.
Amarrei-as no meu barco
Com um nó forte que inventei.
Embarquei no meu veleiro
E, quietinho, eu esperei.

Sete lambaris miudinhos
Beliscaram de uma vez
E saíram rebocando
(Podem acreditar vocês)
Meu navio pelo açude
Com espantosa rapidez.


Neste instante, sete aves,
Sete martins-pescadores
Abocanham os lambaris
E estes ágeis predadores
Sobem ao céu levando os peixes
Em seus bicos, meus senhores!


O navio agora estava
Quase, quase a decolar,
Mas nem sete passarinhos
O fariam levantar.
Eis que uns gaviões imensos
Aparecem em pleno ar.


Com suas asas poderosas,
Os famintos caçadores
Se lançaram em pleno voo
Contra os martins-pescadores
E os prenderam em suas garras,
Isso eu vi (ao vivo e em cores)!

Carregando os passarinhos,
Que à linha iam atados,
Os gaviões puxaram o barco
E assim fomos transportados
Pelo céu azul sem nuvens
De um domingo ensolarado.

Navegamos por três horas
Em altitude de cruzeiro,
Eis que o rio São Francisco
Avistei-o por inteiro.
Cortei as linhas e icei
As três velas do veleiro.

Planamos suavemente,
No rio fomos pousar
E descemos por seu curso
Rumo ao tão sonhado mar.
A primeira das viagens
Logo iria começar...

A PRIMEIRA VIAGEM DE SIBÁ
OS PATOS DO IMPERADOR

Por não ter experiência,
No oceano me perdi.
Velejei de lá pra cá,
Esbarrei daqui pr'ali,
Até que numa ilhazinha
Do meu barco enfim desci.

Esta terra tinha um povo
Sorridente e acolhedor,
E ao chegar lá fui levado
Ao seu velho imperador,
Que além de ter bom papo
Era um grande apostador.

Ao me ver foi perguntando
Se eu gostava de caçar.
Eu lhe respondi que sim
E que sabia atirar.
O monarca então me disse:
— *Isso eu quero comprovar...*

No dia seguinte fomos
Até um pântano afastado.
O imperador, três guardas
E eu, bastante desconfiado.
Lá chegando eles me deram
Um bom rifle carregado.

O monarca disse: — *Agora*
*Vá caçar a refeição.*
*Se der fim à nossa fome,*
*Terá joias de montão.*
*Do contrário perde a vida*
*E termina num caixão...*

Não fiquei preocupado,
Muita caça havia ali.
E, com o rifle que me deram,
Atiro num javali.
O porcão sai, calmamente,
E por pouco não sorri.

Foi então que avaliei
Minha triste situação:
Tinha pólvora no rifle,
Mas faltava munição.
Sem um chumbinho sequer,
Grande foi minha aflição!

Neste instante, cinco patos
Saem voando do banhado.
E em vez de chumbo eu pus
No meu rifle, bem socado,
Um espeto de churrasco
Meio torto e enferrujado.

Quando puxei o gatilho,
Um estouro então se fez
E a vareta foi lançada
Com tal força e rapidez
Que atravessou as cinco
Gordas aves de uma vez!

Com a força do disparo
E a potência da explosão,
O espeto foi subindo
E passou (bem de raspão)
Pelo calor das turbinas
De um jatinho, um avião.

O vapores escaldantes
Pelos jatos liberados
Aqueceram o espeto, e os cinco
Patos logo foram assados
E do céu caíram assim:
Todos juntos e espetados.

Assistindo, boquiaberto
Ao desfecho da caçada,
O imperador provou
Desta estranha carne assada
E lambendo os beiços disse:
— *Foi testada e aprovada!*

Eu, o soberano e os guardas
Nos fartamos de comer
"Pato assado na turbina",
E, cumprindo o seu dever,
O imperador me disse:
— *Você fez por merecer.*

O monarca encheu na hora,
Com três mil dobrões de ouro,
Um baú todo forrado
Com veludo e fino couro.
Pôs também mil diamantes
E rubis do seu tesouro.

Recebi com grande orgulho
O riquíssimo presente
E abracei o governante,
Que até fora bem decente;
Com o baú já no navio
Despedi-me sorridente.

Antes de zarpar da ilha
Contratei três marinheiros
Que me ajudariam agora
Com os trabalhos no veleiro.
Eu estava satisfeito
E já tinha um bom dinheiro!

Foi assim que transcorreu
Minha expedição primeira.
Nada aqui foi inventado,
Toda a história é verdadeira
E a viagem que se segue
Também não foi brincadeira...

## A SEGUNDA VIAGEM DE SIBÁ
## O MONSTRO DO MAR

Meus três novos marinheiros
Eram todos boa gente:
Severino, no timão;
Na cozinha, Zé Vicente;
Raimundinho, um ex-soldado
E guerreiro experiente.

Navegamos por três dias
Sem destino ou paradeiro,
Até que nos vimos presos
Num espesso nevoeiro
E acabamos por chegar
A um país hospitaleiro.

Mas percebemos na hora
Que este reino padecia
De um problema sério e o povo
Lamentava-se e sofria.
Perguntei ao rei qual era
O temor que o afligia.

— *Nesses mares mora um monstro*
*Que devora a nossa gente:*
*É um monstrengo de cem metros*
*Gigantesco e impertinente,*
*Com fedor de peixe podre*
*E três caudas de serpente!*

*O seu nome é Caraquento,*
*E presentes jurei dar*
*Ao heroico cavaleiro*
*Que pudesse nos livrar*
*Desta horrenda criatura*
*Que nos vem importunar.*

Já pensando nos tesouros
Que por certo eu ganharia,
Disse: — *Aceito a empreitada*
*E amanhã, raiando o dia,*
*Sem machado e sem espada*
*Vou dar fim à sua agonia!*

No outro dia de manhã,
Quando o sol no céu surgiu,
Eu estava já na praia
Com duas pedras e um barril.
— *Pra matar monstro não gasto*
*Nem canhão nem fuzil!*

De repente o mar se ergueu
E o monstrengo, esfomeado,
Levantou-se do oceano
Já avançando pro meu lado.
Encarei o bruto e disse:
— *Chegue perto, excomungado!*

Com a bocarra respingando
Baba grossa e amarela,
A criatura aproximou-se,
E enfiei-lhe pela goela
O barrilzinho de pólvora
E pus sebo na canela!

Pela praia fui correndo,
E o bichão corria atrás.
Com o barril no bucho, o monstro
Parecia um satanás!
Eu peguei uma das pedras,
Mirei com cuidado e... Zás!

Caraquento segurou
Entre os dentes a pedrinha.
Justamente o que eu queria
(Mas que baita sorte a minha)!
Peguei logo a outra pedra,
Era a última que eu tinha.


Com a precisão de sempre,
A segunda foi lançada
E acertou justo naquela
Que antes fora disparada,
Produzindo mil faíscas
E uma confusão danada...


Pois uma dessas fagulhas
Ao sair da boca, então,
Foi descendo goela abaixo
E, no bucho do bichão,
Atingiu meu barrilzinho,
E foi bruta a explosão!


Fogo e pólvora se uniram
E um estouro resultou.
Com um buraco em sua pança,
Caraquento mergulhou
No oceano e nunca mais
Ao tal reino retornou.

Fui saudado pelo povo,
E a festança foi imensa,
Com assados e bons vinhos
Retirados da despensa.
E ao rei pedi, então,
Minha justa recompensa.


O monarca disse: — *Jovem,*
*Ponho aqui em sua mão*
*Um baralho, um frasco d'água*
*E um caroço de feijão.*
*Use-os se estiver metido*
*Em perigo ou confusão...*


Eu fiquei muito irritado
Com esta paga pequenina.
Disse: — *Vossa majestade*
*É um pão-duro bem sovina.*
Eis que me falou assim
A rainha Catarina:


— *Meu bom moço, não se aflija,*
*São presentes de um pão-duro,*
*Mas possuem certo encanto*
*E lhe salvarão, eu juro,*
*De perigos, ameaças*
*E situações de apuro!*

Em seguida ela me deu
Um saquinho e quis falar.
Disse: — *Eis um bom presente*
*Pra quem vai lançar-se ao mar.*
Eu guardei-o no meu bolso
Sem de nada desconfiar.

Embarcamos no veleiro
E partimos com presteza.
Eu lutara contra o monstro
Com coragem e com esperteza,
Mas deixava o porto sem
Aumentar minha riqueza.

Mas me dei por satisfeito
E pensei neste momento:
"Libertei um povo inteiro
De um gigante Caraquento.
Uma boa ação eu fiz
Ao dar cabo do nojento!".

Tudo isto que contei
Eu lhes juro, foi verdade,
Sem um pingo de mentira,
Gabolice ou falsidade.
Rumo à terceira viagem
Eu parti com mais vontade!

## A TERCEIRA VIAGEM DE SIBÁ
## AS MOEDAS DO DIABO

Percorremos muitas milhas
Até quase o fim do dia.
Até que nos vimos presos
Numa forte calmaria.
O mar parecia um lago
E nem um ventinho havia.

Com as velas todas murchas,
Sem podermos navegar,
Ficamos por quase um mês
No mesmíssimo lugar,
Até que comida e água
Começaram a escassear.

Veio então um desespero,
Outra saída eu não tinha.
Iríamos morrer à míngua,
Mas, pra grande sorte minha,
Me lembrei daquele saco
Que eu ganhara da rainha!

Desamarrei os cordões
Com cuidado e devagar,
Sem saber o que ali dentro
Eu poderia encontrar.
O saquinho abriu-se e vimos
Um tufão de lá saltar!

Ventos rudes e violentos
Sacudiram a embarcação
E enfunaram nossas velas:
Foi a nossa salvação!
Em três minutos passamos
Já bem perto do Japão.

Quando o clima se acalmou
E cessou tão forte vento,
Alcançamos logo um porto
Muito sombrio e cinzento
Junto às íngremes encostas
De um vulcão bem fumacento.

O local era deserto,
Ninguém mais morava ali.
Meus marinheiros ficaram
No veleiro, e então subi
Pela encosta do vulcão
E o seu topo eu atingi.

A cratera possuía
Uma imensa dimensão
E soltava um fumo escuro
Que ofuscava minha visão.
Eis que tropecei e caí
Bem na boca do vulcão.


Minha queda parecia
Ter durado um tempo eterno,
E ao bater no solo eu vi
(E anotei no meu caderno)
Que chegara, sem querer,
Aos portões do próprio inferno!


Pra sanar o meu problema
Procurei logo o gerente,
E o capeta apareceu
Segurando o seu tridente.
Vinha alegre e disse rindo:
— *Temos novo residente!*


Expliquei ao Pé de bode:
— *O meu caso é diferente,*
*Pois cheguei aqui por causa*
*De um descuido, um acidente,*
*E preciso estar de volta*
*Ao meu barco e bem urgente!*

O diabo ouvindo isso
Respondeu dando risada:
— *Quem aqui chega não sai,*
*É a lei, meu camarada!*
E uma porta atrás de mim
Foi batida e bem trancada.


Nesta situação difícil,
De repente me lembrei
Dos presentes que ganhara
Do pão-duro e velho rei.
Eis que as cartas, do meu bolso,
Com esperança retirei.


Ao ver tão lindo baralho,
Disse o demo, já animado:
— *Vamos jogar, companheiro,*
*Pois eu ando entediado*
*E há tempos não me sento*
*Numa mesa de carteado.*


Respondi: — *Jogamos, sim,*
*Mas te faço um desafio:*
*Se eu ganhar você me deixa*
*Retornar ao meu navio,*
*Pois aqui o clima é quente*
*E eu prefiro o vento frio.*

O capeta deu de ombros
E resolveu aceitar,
Já sabendo que no jogo
Ele iria me roubar.
Frente a frente nos sentamos:
Ia o jogo começar.


Apesar de suas trapaças
O diabo foi logrado,
Pois, amigos, o baralho
Felizmente era encantado,
E eu ganhava tudo aquilo
Que no jogo era apostado.


Depois de passarmos duas
Ou três horas a jogar,
O capeta já perdera
Sacos de ouro, sem ganhar.
E eu, por fim, lhe disse: — *Amigo,
Já é hora de parar!*


O diabo me agarrou
Com um aperto de tenaz
E me disse: — *Não aceito
Ser passado assim pra trás.
Onde já se viu marujo
Dar rasteira em satanás?*

Pra livrar-me de criatura
Tão asquerosa e nojenta,
Despejei o frasco de água
Inteirinho em sua venta
Sem saber que, na verdade,
Se tratava de água-benta!


O segundo dos presentes
Do rei logo entrou em ação
E o diabo arrebentou-se
Com um estouro de canhão,
Deixando um fedor de enxofre
Que eu jamais sentira então.


As sacolas com as moedas
De ouro puro que ganhei
Fui jogando em minhas costas
E neste instante pensei:
"Como subirei de volta
Rumo ao mundo que deixei?".


Eis que um outro pensamento
Veio em minha salvação,
E plantei aquela humilde
Sementinha de feijão
Bem no solo da cratera,
Lá no fundo do vulcão.

Por milagre este caroço
(Que também o rei me dera)
Germinou no mesmo instante,
Pois encantado ele era
E cresceu até deixar-me
Bem na borda da cratera!

Deslizei montanha abaixo
Com o tesouro a carregar,
E este ouro, em meu navio,
Conseguimos embarcar.
Feito isso então zarpamos
E alcançamos o alto-mar.

Uma lição aprendi
Com os itens encantados:
Não duvidem de presentes
Que, com amor, lhes sejam dados,
Mesmo que eles não pareçam
Ricos ou sofisticados.

Terminou desta maneira
Minha terceira jornada,
E, acreditem meus amigos,
Isso é pouco ou quase nada,
Pois a viagem seguinte
Foi ainda mais ousada...

## A QUARTA VIAGEM DE SIBÁ
### O REI DA LUA

Viajávamos ainda
Pelas águas do Oriente
Quando algo veio vindo
Lá do céu tão velozmente
Que acertou minha cabeça
E deixou-me inconsciente.

O objeto era cheiroso
(Com certeza um sabonete),
Modelado no formato
De um pequenino foguete,
E amarrado nele havia,
Acreditem, um bilhete!

Recobrando a consciência,
Descobri, pra minha surpresa,
Que a mensagem fora escrita
Pelas mãos de uma princesa
Que na lua era cativa,
Numa torre estava presa:

"O malvado Rei da Lua
Foi a Marte e me roubou.
Fez de mim sua prisioneira
E assim me ameaçou:
— Sem casamento, querida,
Liberdade eu não te dou...


Eu jamais seria esposa
Deste velho bestalhão.
Prefiro ficar na torre,
Padecer de solidão
E sonhar com um cavaleiro
Que me tire da prisão...".


As palavras da princesa
Me tocaram, de verdade,
Pois não tolero injustiça,
Tirania nem maldade.
Resolvi que a princesinha
Eu poria em liberdade!


Fui ao canhão do navio
E pra cima o apontei.
Em seguida, em sua boca,
Decidido, eu logo entrei.
Raimundinho lascou fogo
E pra lua eu decolei!

A viagem transcorreu
Bem tranquila e bem normal.
Em velocidade intensa
Pelo espaço sideral,
Vi estrelas e cometas
De beleza sem igual.

Fui aterrissar num vale
Rodeado de colinas.
Foi então que vi que a lua
É um imenso queijo Minas,
Com riachos de iogurtes
E coalhadas das mais finas.

Uma ideia luminosa
Ocorreu-me de repente.
Procurei o Rei da Lua
E falei com um ar valente:
— *Quero que liberte a moça*
*Agorinha mesmo, urgente!*

O velhote deu um risinho
E me disse, debochado:
— *Quem você pensa que é,*
*Seu marinheiro abusado?*
*No meu reino mando eu*
*E jamais serei mandado!*

Do meu bolso, nesse instante,
Um bilhete então saquei.
Enrolei-o numa pedra
E no espaço o atirei
Rumo à Terra, ao meu navio,
E ao tirano assim falei:


— *Majestade, solte a moça*
*Logo, logo, sem tardar,*
*Ou meus bravos marinheiros*
*O canhão vão carregar*
*Com famintas ratazanas*
*E pra cá vão disparar!*


Por saber que era de queijo
Sua lua, o rei mandão
Viu-se agora numa séria
E difícil situação.
— *Mas os ratos vão roer*
*Todo o reino, maldição!*


Respondi: — *Esse dilema*
*Cabe a você resolver:*
*Ou liberta a princesinha*
*Ou meus ratos vão roer*
*Toda a lua e você fica*
*Sem seu reino e seu poder!*

A princesa, finalmente,
Ele resolveu soltar,
E enviei outro bilhete
Aos meus homens lá no mar
Dizendo: —*Não é preciso*
*Os tais ratos enviar.*


Foi então que a linda moça
Dedicou-me seu amor:
Com palavras de carinho
E um sorriso encantador,
Abraçou-me e disse: — *És tu*
*Meu valente salvador!*


Em luxuosa carruagem
(Um cometa sideral),
A princesa retornou
Ao seu planeta natal,
Mas me disse: — *Venha um dia*
*Ao meu palácio real.*


Prometi que brevemente
Eu a Marte viajaria,
E ela disse que, ansiosa,
Por mim sempre esperaria.
Meu coração palpitava
E bem forte ele batia...

Antes que eu voltasse à Terra,
O Rei veio me falar.
Disse: — *Sibá, me prometa*
*Ratos nunca me mandar*
*E te darei três baús*
*Cheios de prata lunar.*

Assumi o compromisso
E a palavra eu empenhei;
Com as arcas preciosas
Num cometa eu embarquei
E de volta ao meu navio
Num instantinho cheguei.

Eis que a quarta das viagens
Teve um saldo camarada:
Três baús de fina prata
E uma jovem libertada.
Suspirei e fui em frente
Rumo à próxima jornada...

A QUINTA VIAGEM DE SIBÁ
O PRESENTE DOS PIRATAS

Nesta noite celebramos
O sucesso da jornada
Com churrasco no convés
E viola bem tocada.
Quando a festa terminou,
Era já de madrugada.


No outro dia, bem cedinho,
Fomos nós surpreendidos
Com a chegada de um navio
Infestado de bandidos.
Os piratas nos pegaram
Muito bem desprevenidos...


Abordaram o meu veleiro,
E o pirata-capitão
Alegrou-se com as riquezas
Que eu guardava no porão.
No mastro fui amarrado
Com a minha tripulação.


O navio dos piratas
Já estava bem pesado
Com as riquezas que eles tinham
Pelos mares saqueado,
E por isso meu tesouro
Para lá não foi levado.

Amarraram um grosso cabo
E saíram a rebocar
Nosso barco até que um porto
Conseguissem encontrar.
O problema é que ele logo
Começou a se inclinar...


Sem motivo e sem razão,
Cada dia ele ficava
Mais pesado, e a nossa popa
Mais descia e afundava.
O pirata, vendo isto,
Desapontado, falava:


— *Se o tesouro for a pique,*
*Vou chorar e vou sofrer,*
*Mas meu barco corre o risco*
*De igualmente se perder.*
Ele então cortou a corda
E deixou-nos pra morrer.


Ao se despedir, o bruto
Quis fazer uma ironia
E jogou-nos a imagem
De uma santa, e ele dizia:
— *Rezem muito, meus amigos,*
*Pois, enfim, chegou seu dia!*

Afastou-se, às gargalhadas,
E eu então, bem decidido:
Fui cortando as cordas com
Um canivete querido
Que na barra da minha calça
Sempre trazia, escondido.


Meu navio estava agora
Quase, quase a afundar.
E mergulharia em breve
Rumo ao fundo azul do mar.
Nós olhamos para a imagem
E tratamos de rezar.


Pois não é que pouco a pouco
O perigo foi passando?
Nossa popa, lentamente,
Foi do mar se levantando,
E em dois dias o navio
Já estava navegando.


Logo, logo descobrimos
O mistério da questão:
Era a tal prata lunar
Bem lá embaixo no porão,
Que com a lua cheia inchava
E pesava mais, então!

Felizmente a lua agora
Já passara pra minguante.
A prata perdera peso
E encolhera, neste instante,
Nos salvando de uma morte
Bem sofrida e apavorante!


Mesmo assim agradecemos
À santinha o auxílio dado.
Ao examinar a imagem
Em sua base, vi, colado,
Um pergaminho amarelo
Muito antigo e bem dobrado.


Era o mapa de um tesouro
Que o pirata, sem saber,
Me entregara de bandeja,
E eu disse: — *Vamos ver.*
*Se esse ouro existir mesmo,*
*Ah, eu vou enriquecer!*


E, seguindo a rota que
No papel fora traçada,
Navegamos rumo a uma
Ilha fria e afastada.
E assim começa a sexta
E penúltima jornada.

49

## A SEXTA VIAGEM DE SIBÁ
## A CAVERNA DO DRAGÃO

No gelado Mar do Norte
A tal ilha foi achada.
Toda coberta de neve,
Esta terra era habitada
Por um povo alto e louro
E de pele esbranquiçada.

Friolândia era o país,
Pedra Alva, a capital.
Erguida sobre uma rocha
De cor branca sem igual,
A cidade padecia
De friagem glacial.

Ao chegar, fui recebido
Por Olaf, um rei fortão,
Que examinou meu mapa
E me disse: — *Caro irmão,*
*Seu tesouro está na cova*
*De um bravíssimo dragão...*

Eu pensei em desistir,
Mas depois segui em frente
Com dois rijos companheiros,
Raimundinho e Zé Vicente,
Pois nem gelo nem dragão
Amedrontariam a gente!


Escalamos três montanhas
E, com o mapa como guia,
Alcançamos a caverna
Onde o monstro se escondia:
Uma gruta pavorosa,
Muito úmida e sombria.


Nesta toca nós entramos
Com cautela e com cuidado.
Um tesouro havia ali
Bem protegido e guardado,
Pois, em cima das moedas,
Vimos o dragão deitado.


O lagarto monstruoso
Se encontrava adormecido
E jamais por só dois homens
Poderia ser vencido,
Mas, quem sabe, pela astúcia
Pudesse ser convencido...

Acordamos o monstrengo
Com um ligeiro cutucão.
A fera, soltando fumo,
Veio em nossa direção.
Nesse instante eu disse a ele:
— *Alto lá, senhor dragão!*

O animal parou, surpreso,
E assim pude continuar:
— *Quero parte do seu ouro,*
*Mas prometo lhe ensinar*
*Um segredo que fará*
*Sua riqueza triplicar!*

O dragão me disse: — *Topo!*
E eu lhe disse o que fazer:
— *O povo de Pedra Alva*
*Sente um frio de doer.*
*Use as chamas do seu bafo*
*Para a cidade aquecer...*

Eu montei no seu pescoço
(Nós voamos de verdade),
E o dragão cuspiu seu fogo
Com total intensidade
Nessa pedra que ficava
Bem debaixo da cidade.

A cidade se aqueceu,
A friagem se acabou
E o povão, agradecido,
O dragão recompensou
Com dinheiro, ouro e joias.
E o monstrengo me falou:


— *A ideia funcionou,*
*Sou forçado a admitir.*
*E este meu tesouro, amigo,*
*Com você vou dividir:*
*Pegue aí o que quiser*
*E daqui pode partir.*


O dragão me deu dez mulas
Que puderam transportar
Dez baús até o navio.
Lá no porto, junto ao mar.
Ao me despedir do rei,
Este veio me contar:


— *O meu povo está feliz*
*Com o calor deste dragão,*
*Só que a pedra ficou preta*
*De fuligem e de carvão,*
*E resolvemos mudar,*
*Da cidade, o nome, então.*

Era agora Pedra Preta
Que se chamava o lugar.
Dei adeus àquela gente
E parti pra não voltar,
Mas um último favor
Ao dragão pude cobrar:

— *Dê-me só uma caroninha*
*De ida e volta, meu dragão,*
*Até Marte pra que eu busque*
*(Pra levar pro meu sertão)*
*A princesinha formosa*
*Que encantou meu coração!*

O lagarto disse: — *Vamos*
*Já buscar sua adorada!*
E assim nós dois partimos
Para o espaço, em disparada.
Foi o início de minha sétima
E derradeira jornada.

A SÉTIMA VIAGEM DE SIBÁ —
A PRINCESA MARCIANA

Sete dias de viagem
Nós gastamos pra chegar
Ao nosso destino: Marte,
Lugar frio e sem ter mar.
O planeta era vermelho,
Diferente era o lugar.


Eis que ao palácio real
Fui, com garra e decisão,
E assim disse ao soberano,
Com humildade e com emoção:
— *Da princesa, sua filha,
Vim aqui pedir a mão!*


O rei de Marte lançou-me
Um olhar compenetrado
E respondeu: — *Minha filha
Já havia me falado
De você, e eu cá de longe
Tenho bem te observado.*


*Com meu telescópio eu vi
Suas viagens e sei
Que você é um homem rico
E assim determinei:
Traga a mim suas riquezas
E a minha filha te darei.*

Pensei logo em meus baús
De ouro, prata e diamantes.
Nos rubis, nas turmalinas,
Esmeraldas e brilhantes,
E na mesma hora eu vi
Que jamais foram importantes.


Disse ao rei: — *Tudo te dou*
*Sem remorso ou má vontade.*
*Pela mão de sua filha,*
*A quem amo de verdade,*
*Vou à Terra, trago tudo*
*E te entrego, Majestade!*


*Depois volto a ser vaqueiro,*
*Visto o meu gibão de couro,*
*Abro mão de todo luxo*
*E desdenho prata e ouro,*
*Pois sua filha, para mim,*
*Será sempre o meu tesouro!*


O monarca disse, então:
— *Não cobiço sua riqueza;*
*Só queria pô-lo à prova*
*E testar a natureza*
*Dos seus sentimentos pela*
*Minha adorável princesa!*

*Vejo que é um rapaz correto,*
*Nem um pouco interesseiro.*
*Quer casar-se com a minha filha*
*Por amor, não por dinheiro.*
*Abençoo esta união*
*De vocês, ó marinheiro!*


As festanças do casório
Foram plenas de alegrias
E duraram sete noites
(Sempre entrando pelos dias).
Com animados folguedos,
Muitos bailes e folias.


O dragão voltou puxando,
Através do firmamento,
Nós dois numa carruagem
(Presente de casamento)
Vermelhinha, cor de Marte,
Eu lhes digo e não invento!


Retornamos ao navio
E ao dragão dei de presente
Aquela prata da lua
Que incha perigosamente.
O lagarto agradeceu
E saiu muito contente.

Com minha doce marciana
E meus leais marinheiros,
Velejei com vento em popa
Rumo aos mares brasileiros
E sorri quando avistei
Nossas praias e coqueiros.


Pela foz do São Francisco,
Sorridente, então, entrei,
Só parando junto a um porto
Onde o barco eu ancorei.
Ali, meus três marinheiros,
Muito bem recompensei.


Cada um ganhou sua parte
Numa honesta divisão,
E eu comprei vinte carroças
Pra levar até o sertão
O restante do tesouro
Que a mim coubera, então.


Aos marinheiros pedi
Que cuidassem do navio.
E na carruagem entrei
Já soltando um assovio.
O riquíssimo comboio
Logo se afastou do rio.

Na carruagem estavam eu
E Marciana, sentados.
Em seguida vinham os vinte
Carroções bem carregados.
Ao entrarmos na cidade,
Com rojões, fomos saudados.


O prefeito apareceu,
Do banco veio o gerente.
Veio padre, delegado,
E uma multidão de gente,
Todos dizendo: — *Sibá,
Sou amigo e seu parente!*


Botei todos pra correr,
Comprei terras, gado e empresa,
E aqui vivo, meus amigos,
Com conforto e com riqueza,
Do que ganhei com esforço,
Com engenho e com esperteza.


Vivo junto à minha amada,
Nada tenho a reclamar,
E, aos que invejam meu destino,
Um conselho eu posso dar:
— *Deus ajuda aos que procuram
Sua sorte melhorar!*

# RAIMUNDIM E A LAMPARINA MARAVILHOSA

Vou pedir às sábias musas
Talento e sabedoria
Pra contar agora em versos
E com rimas de poesia
Uma história impressionante,
De mistério e de magia.

Dizem uns que nas Arábias
Se passou um caso igual,
Só que este ouvi de um cego
Que conheci em Sobral,
Tocando sua rabequinha
Num mercado do local.

É a história de um garoto
Muito esperto: o Raimundim.
A rabeca então gemeu
Fazendo fim-rim-fim-fim,
E, cantando, o rabequeiro
Começou o enredo assim:

Raimundim era um menino
Muito arteiro e bem levado,
Que passava suas tardes
Vadiando no mercado.
Era esperto, prestativo
E por todos bem amado.

Com a mãe ele morava
(Já que o pai tinha morrido)
Num barraco apertadinho
Que com barro fora erguido
Num subúrbio feio e sujo,
Num lugar pobre e esquecido.


Porém, mal sabia ele,
Que, numa terra distante,
Um temido feiticeiro
E adivinho cartomante
Observava seus passos
Num cristal liso e brilhante.


Este mágico africano
Era o grande Ali Omar,
Que, além de poderoso,
Só fazia cobiçar
Ouro, prata e diamantes,
Pra sua fortuna aumentar.


No cristal, o feiticeiro
Viu um morro no sertão
Brasileiro e nele havia
Uma porta de alçapão,
E soldada a ela uma
Forte argola de latão.

Nesta argola estava escrito
Em letras cor de carmim
Uma frase interessante,
Que se traduzia assim:
"Neste mundo só quem abre
Esta porta é o Raimundim".


Também viu o que havia
Bem debaixo do alçapão:
Mil tesouros e riquezas,
Ouro e prata de montão,
E uma lamparina mágica
Que atraiu sua atenção.


Ao tomar conhecimento
Deste bem tão precioso,
O temido feiticeiro
Disse assim, esperançoso:
— *Com essa lamparina eu vou*
*Me tornar mais poderoso!*


Foi então para a cozinha
E atirou no fogareiro:
Três cabeças de lacraia,
Sete ramos de salgueiro,
Escamas de jararaca
E um dente de alho inteiro.

Abanou de leve as brasas
E a fumaça ele assoprou
Sobre um velho tapetinho,
E, quando este flutuou,
O bruxo sentou-se nele
E para o Brasil voou.


O tapete foi zunindo
Feito um jato de avião,
Chispando com a rapidez
Da nossa imaginação.
Ao chegar aqui o velho
Disse: — *Vamos à missão!*


Caminhou até o mercado
E a todos dizia assim:
— *Procuro pelo moleque
Cujo nome é Raimundim.
Querem gorda recompensa?
Basta só mostrá-lo a mim!*


Num instante um açougueiro
Foi buscar o tal rapaz.
Ao vê-lo, Ali Omar
Alegrou-se por demais,
Deu dinheiro ao homem e disse:
— *Agora nos deixe em paz.*

Raimundim ouviu do bruxo
Uma mentira envolvente:
— *Sou irmão de sua mãe,*
*Sou seu tio, seu parente,*
*E preciso de sua ajuda*
*Para um trabalhinho urgente.*

Ao garoto ofereceu
Moedas em quantidade.
O trabalho era guiar
O tal bruxo, na verdade,
Até um morro que ficava
A três léguas da cidade.

Raimundim falou: — *Eu sei*
*Onde o morro deve estar,*
*Mas me dê mais três moedas,*
*Pois bem longe é o lugar.*
O feiticeiro aceitou
E pagou sem reclamar.

Foram juntos pela estrada
Até o morro e lá, então,
Logo, logo acharam a pedra
Que era a porta do alçapão.
Eis que Ali Omar falou:
— *Raimundim, preste atenção:*

Movimente esta alavanca
E abra a porta com doçura,
Deslize por uma corda
Até o chão da gruta escura.
Lá chegando você logo
Achará o que procura:

Em cima de uma coluna,
Num dourado pedestal,
Há uma velha lamparina,
De ordinário e vil metal.
Pegue-a e traga-a aqui pra mim,
Com um cuidado especial.

O bruxo avisou ainda
Com sua voz anasalada:
— A caverna, de objetos,
Está cheia, abarrotada,
Nada pegue e, por favor,
Não ponha sua mão em nada.

Raimundim estava aflito
E bastante amedrontado,
Mas, temendo o velho bruxo,
Fez o que lhe foi mandado
E desceu pelo buraco
Numa corda pendurado.

No escuro da caverna
Muitos sacos ele viu,
Mil baús e malas cheias,
Vários potes e um barril.
Quis saber o que continham,
Mas, a custo, resistiu.


Finalmente, num jardim,
À beira de uma piscina,
Raimundim viu a coluna
E sobre ela a lamparina,
Feita de latão barato,
Velha, suja e pequenina.


Com cuidado ele a tirou
Do seu alto pedestal.
Em seguida a segurou
Com um cuidado especial
E sorriu, dizendo assim:
— *Até que não fui tão mal!*


Retornou então pra baixo
Da abertura do alçapão
E pediu ao feiticeiro:
— *Jogue a corda agora, irmão!*
Mas este disse: — *Primeiro*
*Me dê o que tem na mão!*

Raimundim pensou consigo:
"Este velho é trapaceiro..."
E gritou de volta: — *Eu dou,*
*Mas quero subir primeiro!*
O bruxo jogou a corda
E deu um riso traiçoeiro.


Ao sair da tal caverna,
Raimundim foi agarrado.
O velho gritava: — *Onde*
*Colocou-a, desgraçado?*
*Minha rica lamparina,*
*Meu tesourinho encantado!*


Mas, do bruxo, Raimundim
Se livrou, com um safanão,
E pulou de volta à gruta
Pelo furo do alçapão,
Trancando por dentro a porta
Com firmeza e decisão.


Eis que Ali Omar gritou:
— *Ah, moleque criminoso!*
*Me passou a perna e está*
*Com o meu bem mais precioso!*
Sem poder entrar na gruta,
Foi-se embora, furioso.

Raimundim ficou sozinho
Na caverna escura e fria.
Ele viu que um garrafão
Tinha brilho e reluzia,
Dentro dele viu bolinhas
De vidro, sem serventia.


Mesmo assim pegou algumas
E no bolso as colocou.
Foi então, nesse momento,
Que no chão algo avistou:
Um anel de ouro maciço,
E o menino assim falou:


— *Um anel assim tão belo*
*E de ouro, por inteiro,*
*Mas de que adianta isso*
*Para um pobre prisioneiro?*
Ao colocá-lo em seu dedo,
Fez-se um forte nevoeiro.


Da fumaça apareceu
Um barbudo bem vestido,
Que falou: — *Eu sou o escravo*
*Deste rico anel perdido.*
*Aqui estou pra lhe servir,*
*Se quiser faça um pedido!*

Era um gênio aprisionado
Que muitos poderes tinha.
Raimundim não perdeu tempo
E gritou: — *Que sorte a minha!*
*Pois então vamos pra casa,*
*Onde mora minha mãezinha!*


Com um aceno de cabeça
O escravo disse: — *Sim!*
E voaram pelo espaço
Numa rapidez sem fim
Rumo à casa da senhora,
Que era mãe do Raimundim.


Lá chegando se abraçaram
Com carinho e com ternura.
Raimundim contou a ela
Sua recente aventura,
A mulher disse: — *E a vida*
*Está cada vez mais dura!*


Nada tinham pra comer,
E o moleque disse, então:
— *Vou vender a lamparina*
*Em troca de algum tostão.*
*Ela deve ter valor,*
*Mesmo sendo de latão...*

75

Mas ao ver o objeto,
Tão velhinho e amarelado,
A mulher disse: — *Raimundo,*
*Passe um pano bem passado*
*Nesta lamparina antes*
*De levá-la até o mercado.*


Ao lustrar a velha peça,
Dela sai uma neblina,
Revelando agora outra
Forma imensa e masculina,
Que anuncia: — *Sou o gênio*
*E senhor da lamparina!*


Raimundim se viu tomado
De surpresa e alvoroço
E, pra testar a magia,
Ao gênio pediu: — *Seu moço,*
*Se puder nos traga agora*
*Qualquer coisa para o almoço.*


Pois na mesma hora a ordem
Foi cumprida e realizada:
A mesa da casa humilde
Se viu cheia e abarrotada
De bobós, sarapatéis,
Peixe frito e carne assada.

De baião de dois e charque,
De buchada e macaxeira,
De cajus, de seriguelas
E uma imensa compoteira,
Provando que aquele gênio
Não era de brincadeira!

Raimundim e sua mãe
Se abraçaram, e o rapaz
Disse: — *Mãe, com este gênio*
*Não passaremos jamais*
*Fome e ainda a ele agora*
*Vou pedir um pouco mais:*

*Transforme nosso barraco*
*Num riquíssimo sobrado*
*Com varandas e um jardim*
*Verdejante e bem cuidado.*
O gênio disse: — *O pedido*
*Será agora realizado!*

A casinha pobre e humilde
Na hora virou mansão,
E ao remexer seus bolsos
Raimundim lembrou-se, então,
Daquelas bolas de vidro
Que achara no garrafão.

Mostrou uma a sua mãe,
E ela disse, radiante:
— *Raimundim, posso ser velha,
Mas não sou ignorante:
Essa bola não é vidro,
Isso é um rico diamante!*


O punhado de diamantes
Foi vendido no mercado
E com o lucro do negócio
E o valor alto apurado,
Raimundim logo se viu
Milionário e abastado.


Mas não quis ser preguiçoso
E tornou-se um mercador.
Com o trabalho, sua fortuna
Foi dobrando de valor,
Mas ainda lhe faltava
Conhecer seu grande amor.


Certo dia viu passando
Uma moça loura e bela.
E esta jovem encantadora
Se chamava Maristela.
Raimundim falou consigo:
— *Eu me casarei com aquela!*

O pai da mocinha era
O coronel Rubião,
Fazendeiro poderoso
E com fama de brigão.
A ele Raimundim foi,
Da moça, pedir a mão.


Ao ver que o rapaz não era
Pobretão nem pé-rapado,
O coronel consentiu
Com o namoro e com o noivado,
E o casório logo, logo
Foi na igreja celebrado.


O casal mudou-se para
A mansão de Raimundim.
Em um quarto era guardada,
Numa caixa de marfim,
A tal lamparina velha,
E o jovem dizia assim:


— *Maristela, nunca mexa*
*Nesta peça de latão.*
*Isto aqui é uma relíquia*
*De valor e estimação*
*Que conservo com carinho*
*E real dedicação.*

Maristela achava feia
A peça, mas não dizia.
Eis que Raimundim partiu
Em viagem, certo dia,
Sem saber que algo grave
Em breve aconteceria.


É que o bruxo Ali Omar
O vigiava, na verdade,
E, paciente, estava à espera
De uma oportunidade
Pra vingar-se do rapaz
E mostrar sua falsidade.

Desde a fuga da caverna
Foi, o bruxo, investigando.
Pelas ruas caminhava,
Por Raimundim, perguntando,
Até que encontrou a casa
Onde estava ele morando.


Quando viu que o jovem tinha
De sua casa se ausentado,
O bruxo bateu na porta
Do riquíssimo sobrado,
Com barba postiça e roupas
De vendedor, disfarçado.

Maristela abriu a porta
E ao senhor disse: — *Pois não?*
O homem respondeu: — *Faço
Negócios de ocasião:
Troco lamparinas novas
Por antigas de latão.*


E mostrou à moça uma
Peça de ouro bem lavrada,
Dizendo: — *Dou esta nova
Em troca da sua usada.*
Maristela ficou logo
Bem feliz e interessada.


Seu marido amava tanto
Sua velha lamparina
E amaria ainda mais
Uma nova, rica e fina...
Eis que o bruxo perguntou:
— *Vai querer ou não, menina?*


Maristela foi ao quarto
E da caixa de marfim
Retirou a velha peça,
Deu-a ao velho e disse assim:
— *Troque esta pela de ouro
Que darei ao Raimundim.*

Com um sorriso de triunfo,
O bruxo foi pondo a mão
Na encantada lamparina,
Esfregou-a e disse, então:
— *Seu gênio me atenda agora,
Pois sou seu novo patrão!*


Já no instante seguinte
Tudo ali foi transportado
Para a África distante:
Maristela e o sobrado
Com suas fontes e jardins,
Muros, grades e gramado.


No lugar onde há bem pouco
Uma linda casa havia
Restava somente um lote
De terra nua e baldia
Deixado pelo tal bruxo
Por encantos de magia.


Ainda na mesma tarde
O coronel Rubião,
Indo visitar a filha,
Não a viu (nem a mansão),
E gritou: — *Ah, Raimundim,
Seu pilantra, seu vilão!*

Achando que o jovem tinha
Sua riqueza inventado
Para raptar-lhe a filha,
O velhote indignado
Avisou aos seus jagunços:
— *Quero o cabra castigado!*

Raimundim voltou de viagem,
Casa e esposa, ele não viu,
E ainda levou uma surra
Dos jagunços e seguiu
Com eles para a fazenda
Do seu sogro, um homem vil.

Foi jogado na senzala
Numa cela escura e fria,
E o coronel lhe disse:
— *Só vou te soltar no dia*
*Em que eu vir de novo a sua*
*Bela casa e a minha "fia".*

Raimundim tentou dizer
Que não sabia de nada,
Que também não tinha como
Destrinchar essa charada,
Mas a porta de sua cela
Foi batida e foi trancada.

No escuro da senzala
Do malvado coronel,
O rapaz chorou suas mágoas.
Eis que veio lá do céu
Uma inspiração, e ele
Lembrou-se do seu anel.

Este mesmo anel que um dia
Da caverna o libertara.
Ele com força esfregou
Sua joia rica e rara
E dela saiu uma névoa
De cor branca, muito clara.

Eis que surge então o gênio
Que o tirara da enrascada.
Raimundim pediu a ele:
— Desta vez, meu camarada,
Me ajude a trazer de volta
Minha casa e minha amada.

Mas o gênio do anel disse,
Muito triste e desgostoso:
— Ah, meu amo, o outro gênio
É mais forte e mais tinhoso.
Eu não quebro essa magia,
Seu encanto é poderoso.

Raimundim chorou, dizendo:
— *Eu entrei foi pelo cano!*
Mas ao gênio perguntou,
Pois agora tinha um plano:
— *Você pode me levar*
*Ao país deste africano?*


O gênio do anel sorriu
E respondeu sorridente:
— *Isso eu posso, sim, meu amo!*
E, não mais que de repente,
Raimundim foi transportado
Para o outro continente.


O rapaz foi acordar
Na suíte da mansão
Onde Maristela estava
Em regime de prisão.
Ao ver o marido, a moça
Contou-lhe sua aflição:


— *Este bruxo velho e rude*
*Quer comigo se casar*
*E daqui só me liberta*
*Se eu disser: vou aceitar.*
Raimundim disse: — *Querida,*
*Faça o que vou te explicar.*

Raimundim deu à esposa
Um vidrinho transparente
Que continha uma poção,
Um sonífero potente.
E disse: — *Ponha no vinho*
*Desse velho impertinente.*


Em seguida, o jovem foi
Esconder-se na sacada.
A moça chamou o bruxo
E disse: — *Meu camarada,*
*Me cansei desta prisão*
*E serei sua esposa amada!*


O asqueroso Ali Omar
Disse: — *Vamos, meu benzinho,*
*Celebrar nossa união,*
*Meu afeto e seu carinho.*
Maristela trouxe duas
Taças cheias de um bom vinho.


Sem que bruxo desconfiasse,
Despejou o preparado
Numa delas; e ao beber
Deste vinho "batizado",
O pilantra já rolou
Pelo chão, desacordado.

88

Raimundim aproveitou-se
Desta rara ocasião:
Revirou a casa e achou
Sua lamparina, e então,
Esfregou, todo feliz,
O objeto de latão.


Ao gênio da lamparina
Uma coisa só pediu:
— *Leve a casa com nós todos,*
*Rumo às terras do Brasil!*
O gênio estalou os dedos,
E o desejo se cumpriu.


De volta ao seu endereço,
Raimundim mandou chamar
O sogro e seus dez jagunços
Para levarem Ali Omar.
O bruxo foi acordado
E tentou se desculpar.


Mas os brutos lhe tomaram
Seus talismãs de magia
E lhe assinaram a carteira
(De trabalho, quem diria…),
Pra ganhar, cortando cana,
O seu pão de cada dia.

Em seu peito penduraram
Uma placa a anunciar:
"Este aqui é o bode velho,
Feiticeiro Ali Omar,
Que tentou vencer na vida
Sem esforço, sem lutar".

Ao saber de toda a trama,
Rubião se desculpou.
Raimundim chamou os gênios,
Despediu-se e os libertou,
Mas a história nesse ponto
Ainda não se acabou.

Maristela e Raimundim
Viveram por longos dias,
Se amaram e tiveram uma
Vida plena de alegrias,
E até hoje no sertão
Esta história de paixão
Corre em versos e poesias.

# GARI VAVÁ E OS CINQUENTA CANGACEIROS

Valdemar era um cearense
Conhecido por "Vavá".
Tinha emprego de gari
E morava em Quixadá.
Era pobre, mas dizia:
— *Minha vida há de "miorá".*

Eis que Vavá, certa tarde,
Ao retornar do serviço,
Caminhava pela estrada
Quando ouviu um rebuliço:
Um tropel de cavaleiros
(E era um grupo bem maciço).

Sem saber quem eram os tais
Numerosos forasteiros,
O gari subiu nos galhos
Do maior dos cajueiros
E de lá de cima disse:
– Benza Deus, são cangaceiros!

Viu Vavá que eram cinquenta
Os horrendos marginais,
Todos com roupas de couro,
Carabinas e punhais,
Homens rudes que, de longe,
Pareciam uns animais.

Lá do alto, sem ser visto,
Vavá tudo observou:
O chefão da bandidagem
Fez parada, desmontou,
E diante de uma pedra
Gigantesca ele parou.


Então disse em voz bem alta:
— *Abra a porta, rapadura!*
Eis que a pedra se moveu
Revelando uma abertura
Que levava, vejam só,
A uma gruta imensa e escura!


Em seguida os cangaceiros
Desmontaram dos arreios
E levaram até a caverna
Sacos e baús bem cheios.
Iam rindo, assoviando,
E dizendo nomes feios.


Não gastaram muito tempo
E voltaram às montarias,
Livres, leves e contentes
E com as suas mãos vazias,
Sem os sacos e os baús.
— *Mas que estranho!* — tu dirias...

Quando viu que os cangaceiros
Já haviam se afastado,
Vavá foi dizendo: — *Eu não*
*Sei se é certo ou se é errado,*
*Mas o mistério da gruta*
*Vai, por mim, ser desvendado!*

Desceu já do cajueiro
E, com ânimo e bravura,
Caminhou diretamente
Rumo à imensa pedra dura
E repetiu as palavras:
— *Abra a porta, rapadura!*

Por efeito de magia,
A pedra moveu-se, então,
E o gari Vavá notou
(Com receio e apreensão)
Que a caverna estava imersa
Na mais negra escuridão.

Acendeu seu velho isqueiro
E as chamas tremulantes
Revelaram mil tesouros
E surpresas fascinantes:
Ouro, prata e sacos cheios
De rubis e diamantes!

A caverna estava plena
De riquezas valiosas:
Mil barris de vinhos finos,
Porcelanas luxuosas,
Esmeraldas, turmalinas
E outras pedras preciosas.


Tudo isso havia sido
Pelos bandidos roubado
Ao longo de muitos anos,
E agora o resultado
Era um tesouro vultoso
De valor não calculado.


Eis que o bom gari Vavá
Resolveu o que fazer:
— *Vou levar somente um saco*
*De diamantes pra vender.*
*É tão pouco que os bandidos*
*Não irão nem perceber...*


Um saquinho, dos mais leves,
Pôs nos ombros, ele, então,
Confiando num ditado
Muito antigo no sertão,
Que é: "quem rouba de gatuno,
Tem cem anos de perdão".

Ao sair, notou que a porta
Se fechara, por magia,
Mas, pronunciada a senha,
Num instante ela se abria.
O gari deixou a gruta
(Satisfeito, ele sorria).

Ao chegar em casa, as joias,
Tratou logo de mostrar
À Francisca, sua esposa,
Que mal pôde acreditar.
Ela disse: — *Vavá, temos*
*Que estas pedrinhas contar!*

Mas como fariam isso
Se eram tantos os diamantes?
Com certeza ali se achavam
Uns milhares de brilhantes,
E contá-los levaria
Muitos dias fatigantes.

A mulher lembrou-se então
Que o vizinho, o velho França,
Era dono de uma venda
E possuía uma balança.
Ela teve um pensamento
Que os encheu de esperança:

— A balança eu peço a ele,
E depois dela emprestada
Nós pesamos os diamantes
E saímos da enrascada,
Pois o peso nos dirá
A quantia aproximada.


Sendo assim, dona Francisca
Foi bater na casa ao lado.
O seu França, que era esperto,
Ficou logo desconfiado,
E pensou: "pra que balança?
Isso está mal explicado...".


Sem que a mulher suspeitasse,
O seu França então pegou
Um dos pratos da balança
E melado ali passou.
A vizinha não viu nada,
Nem sequer desconfiou.


Já de volta à sua casa,
A mulher disse: — *Beleza!*
E o casal pôs-se a pesar
Sua fonte de riqueza.
Lá na venda o França ria
Com o seu golpe de esperteza...

A balança devolveram
Com um gentil "muito obrigado".
Eis que o velho examinou
Logo o prato, com cuidado,
E encontrou um diamante
Grudadinho no melado.

*—Vejam só, mas que marotos!*
(Disse o França, bem baixinho).
*Conseguiram diamantes,*
*Mas escondem o segredinho,*
*Logo de mim, que fui sempre*
*Um exemplo de vizinho...*

Sem perder um só segundo
Foi o França interrogar
Seus vizinhos, e o casal
Foi forçado a confessar.
O segredo da caverna
Vavá teve que contar.

O velhote ouviu o relato
Prestando muita atenção.
Ao final disse: — *Eu também*
*Vou pegar o meu quinhão!*
*Desta gruta quero apenas*
*Sua localização!*

O caminho até a caverna
Vavá não quis revelar,
Mas, depois de muitas horas
A pedir e a implorar,
O França ganhou um mapa
Que indicava-lhe o lugar.

Ele, então, no mesmo instante,
Reuniu muito contente
Vinte mulas, das mais fortes,
E saiu bem sorridente,
Dizendo: — *Que bela vida*
*Vou levar daqui pra frente!*

Foi seguindo o mapa até
Que a tal pedra ele avistou
E, diante dela, a senha,
Calmamente pronunciou.
A rocha moveu-se, e o França
Na caverna penetrou.

O velhote nunca vira
Em sua vida um tal tesouro!
E, ganancioso que era,
Foi juntando prata e ouro
Em dez sacos reforçados
E mais dez caixões de couro.

101

Depois quis sair da gruta
Com as riquezas ensacadas
(Que certamente pesavam
Umas quatro toneladas),
Mas notou que se esquecera
Das palavras encantadas...


— *Abra a porta, jerimum!*
— *Abra a porta, marmelada!*
— *Abra a porta, tapioca!*
— *Abra a porta, carne assada!*
E a pedrona ali, quietinha,
Continuava bem trancada!


O homem tentou de tudo,
Só que nada aconteceu...
Sem a senha, a imensa porta
Não se abriu, nem se moveu,
E, temendo os malfeitores,
Logo o França se escondeu.


Enrolado num tapete,
Suspirando de aflição,
O velho suava frio
Quando percebeu, então,
Sons de pés de cangaceiros
Caminhando no salão.

Um dos marginais falou:
— *Ele não pode escapar,*
*Pois eu juro que esta gruta*
*Vou virar e revirar!*
O França pensou: toparam
Com minhas mulas, mas que azar!

Vendo que estava perdido
E encrencado de verdade,
O intruso disse, aos prantos:
— *Tenham dó! Tenham piedade!*
*Só entrei para matar*
*Minha curiosidade!*

Os bandidos, num instante,
Agarraram o velho França
Que chorava e esperneava
Como se fosse criança.
Eis que o cangaceiro chefe
Disse: — *Perca a esperança...*

*Pois você quis nos roubar,*
*E por esta sua ação*
*Vamos te amarrar aqui*
*Sem comida e sem ração*
*Pra morrer de fome e sede*
*Na mais fria escuridão!*

Apesar da gritaria
Do seu França, os cangaceiros
O trancaram na caverna
E partiram, bem faceiros,
Pois assim é que lidavam
Com ladrões bisbilhoteiros!


Mas o que não suspeitavam
(E nenhum deles sabia)
Era que perto da gruta,
Nesta escura noite fria,
Escondido numa moita,
Alguém tudo via e ouvia...


Isso mesmo, era Vavá,
Que seguira o seu vizinho.
E, ao ver longe os cangaceiros,
Foi chegando de mansinho
Junto à porta da caverna
Já dizendo bem baixinho:


— *Abra a porta, rapadura!*
O portão se escancarou.
Ele então cortou as cordas
E o vizinho libertou.
O França fugiu pra França
E de lá não retornou.

O gari também jurou
Nunca mais ali voltar
E com as pedras que já tinha
Fez sua vida melhorar:
Comprou casa nova e, nela,
Com sua esposa foi morar.


Os dois, juntos, prosperaram
E enricaram de verdade:
Negociando os diamantes
(Que possuíam em quantidade),
Viviam, Vavá e a esposa,
Na maior tranquilidade.

Mas no mundo não há bem
Que floresça sem ter fim
Nem bondade que resista
Sem que venha algo ruim.
Eis que um dia aconteceu
Algo muito triste, sim:


Depois de quase três anos
Sem a gruta visitar,
Os selvagens cangaceiros
Resolveram retornar,
Pensando que o esqueleto
Do seu França iriam achar.

Mas para a surpresa deles
Foi bem diferente o assunto,
Pois na gruta não havia
Nem caveira, nem defunto,
E o chefão dizia aos berros:
— *O que houve? Eu me pergunto...*


E ele concluiu, furioso,
Que alguém mais havia entrado
Na caverna, e essa pessoa
Tinha o França libertado.
Eis que o bandidão jurou:
— *Ai, eu pego o desgraçado!*


Afinal, era arriscado
E bastante perigoso
Deixar vivo um indivíduo
Tão esperto e audacioso
Que sabia o esconderijo
Do tesouro precioso!


Ao conferir seu estoque,
O cangaceiro notou
A falta daquele saco
Que Vavá surrupiou.
Ao saber do furto, o bando
Inteirinho esbravejou.

Quem seria o tal sujeito?
Como achá-lo neste instante?
Para investigar um assunto
Tão urgente e importante,
O chefão se disfarçou
De maneira impressionante.

E assim foi à cidade
Com umas roupas bem vistosas
Se dizendo negociante
De ouro e pedras preciosas.
As pessoas, vendo aquilo,
Se achegavam, curiosas.

Perguntando aqui e ali,
O cangaceiro encontrou
O ourives da cidade
E ao homem perguntou:
— *O senhor tem diamantes?*
*E, se tem, de quem comprou?*

O ourives disse: — *Tenho,*
*Mas somente três, não mais,*
*Que comprei de um cidadão*
*Quase um ano e meio atrás.*
*O problema é que não sei*
*Onde mora o tal rapaz...*

*Pois o tipo me abordou
Lá na praça do mercado,
Mas à sua casa eu fui,
Só depois de bem vendado.
E com as pedras retornei
Sempre por ele guiado.*

*O cangaceiro falou:
— Mas que história interessante!
Eu preciso conhecer
Este rapaz importante.
Ache a casa dele, e eu
Te darei mais um diamante!*

*Respondeu assim o ourives,
Com seus olhos a brilhar:
— Mesmo com a vista encoberta
Consegui me orientar
Mais ou menos e acredito
Que esta casa eu possa achar!*

*E assim os dois seguiram
Pela vila pequenina
Procurando em cada rua,
Cada beco e cada esquina.
Eis que chegam a uma praça
No alto de uma colina.*

109

O ourives disse, então:
— *Nós estamos bem pertinho,*
*Pois me lembro que subimos,*
*Com certeza, este morrinho.*
*E ao chegar à casa o homem*
*Deu três toques num sininho.*


Com aquela informação
Não tardaram a encontrar
A casa que tinha o sino
Junto à porta de se entrar.
O bandido riu e disse:
— *Logo, logo irei voltar!*


O ourives recebeu
Seu diamante, e o cangaceiro
Retornou à gruta; e assim,
Reunindo o bando inteiro,
Pôs em prática o seu plano
Malicioso e traiçoeiro:


Escondeu quarenta e nove
Cangaceiros, com carinho,
Cada um acomodado
Dentro de um barril de vinho.
Numa carroça os botou
E seguiu pelo caminho.

Se dizendo vendedor
De vinhos de qualidade,
O bandido assim levou
Todo o bando até à cidade
E a Vavá fez um pedido:
— *Meu senhor, por caridade...*

*Me dê pouso em sua casa
E ao meu burro dê capim.*
Sem desconfiar de nada,
Vavá respondeu que sim:
— *Eu jamais nego hospedagem
A quem chega e pede a mim!*

O ladrão foi recebido
Com carinho e um jantar,
Sem que Vavá ou a esposa
Mal pudessem suspeitar
Que nos barris se escondiam
Homens prontos pra atacar!

Antes de subir pro quarto,
O cangaceiro chefão
Foi quietinho até a carroça
E, sem grande afobação,
Desatarraxou as tampas
Dos barris e disse então:

— *Fiquem aí mais umas horas*
*E aguardem o meu sinal.*
*Ao ouvi-lo, saiam todos,*
*Cada um com o seu punhal,*
*E juntos daremos fim*
*À alegria do casal!*


Só que mal sabia ele
Que Francisca tudo ouvia,
Escondida na cozinha,
Agachada atrás da pia:
Ela pensou: "Este homem
É um bandido, quem diria!".


O chefe subiu pro quarto,
E a mulher entrou em ação.
Enroscou de novo as tampas
Dos barris, dizendo: — *Não!*
Aos ladrões, quando indagavam:
— *Tá na hora, meu patrão?*


Quando o último barril
Foi por ela bem fechado,
Os bandidos perceberam
Que algo estava muito errado,
Pois a mulher disse, rindo:
— *Meu serviço está encerrado!*

Os barris, Francisca, então,
Fez rolar pela ladeira
Com os bandidos praguejando,
E ela dizendo, faceira:
— *Morro abaixo, minha gente,*
*Que acabou-se a brincadeira!*


Os barris foram parar
Num riacho ao pé do morro,
Mergulhando em águas frias
E barrentas pra cachorro.
Os bandidos imploraram,
Mas ninguém lhes deu socorro.


Flutuando, eles viajaram
Rio abaixo, sem parar.
Passando de rio em rio,
Eis que, enfim, chegaram ao mar.
Deles nunca mais se soube,
Nunca mais se ouviu falar.


Mas faltava resolver
Uma última questão.
Francisca foi conversar
Com o tenente de plantão
Na delegacia e a ele
Deu segura informação.

Quase às três da madrugada
Aparece, no quintal
De Vavá, o cangaceiro
(O terrível marginal),
Procurando por seus homens
Para dar-lhes o sinal.


Só que lá não encontrou
Nem um só de sua gente,
Mas uns vinte policiais
Da patrulha do tenente,
Que gritaram: — *Mãos ao alto,
Não se faça de valente!*


O cangaceiro ganhou
Uma algema em cada mão.
Foi pagar pelos seus crimes
Com cem anos de prisão,
E Vavá disse: — *Obrigado,
Francisca, minha paixão!*


Sem mais temer o bandido,
O casal viveu contente:
Abriram muitos negócios,
Deram emprego a muita gente,
Sempre auxiliando os pobres
E a população carente.

O segredo da caverna
(Rica como outra não há)
Foi guardado por Francisca
E, é claro, por Vavá,
Que, segundo me disseram,
Vivem ainda em Quixadá.


Eis o fim desta curiosa,
Mas verídica historinha.
Tudo aconteceu de fato,
Nada aqui foi mentirinha,
Quem não gostou conte outra,
Se puder, melhor que a minha!

**FIM**

Fecha o pano, e os personagens
Saem do palco acenando.
O conto nos divertiu,
Mas, enfim, vai se acabando.
Basta somente que o autor
Reafirme o seu valor,
Aqui, a obra assinando.

# BIOGRAFIA

Fábio Sombra é escritor, ilustrador e pesquisador da cultura popular brasileira. Nasceu na cidade do Rio de Janeiro em 1965 e é lá que ainda vive. Publicou mais de 40 livros para o público infantil e juvenil e recebeu diversos prêmios, entre eles três selos "Altamente Recomendável para o Jovem", da Fundação Nacional do Livro Infantil e Juvenil (FNLIJ).

Com sua viola, seus versos e seus livros, viaja por todo o Brasil e já se apresentou em escolas da França, Portugal, Inglaterra e Estados Unidos. *Sertão das arábias* é seu segundo livro lançado pela editora Escarlate, que também publicou sua premiada obra de estreia na literatura: *A lenda do violeiro invejoso*.

Nas horas vagas, o autor se dedica à música – toca viola, rabeca e piano – e viaja por todo o Brasil, pesquisando temas e pensando em histórias para seus livros.